Corona Blues

ein München-Krimi in Corona-Zeiten

C.S. Schuster

Vorwort

die Jahre 2020 und 2021 waren für alle Menschen auf der Welt prägend, teilweise sehr

traurig wegen dem Verlust Angehöriger, verstörend für Kinder und Jugendliche und eine

Herausforderung für die weltweite Wirtschaft.

Wir haben es gestemmt und haben versucht, das Beste daraus zu machen. Manchen ist

es gelungen, manchen nicht.

Dieser Krimi ist rein fiktiv, sämtliche Handlungen und Personen sind frei erfunden, ich bin

jedoch sicher, dass sich der eine oder andere in manchen Figuren wiedererkennt.

Kapitel 1

Polizeiobermeister Georg Schober und Polizeimeister Fred Seeger laufen ihre Streife nachts durch München, um die Ausgangssperre und die Maskenpflicht im Auge zu behalten. Es gibt immer noch Menschen, die sich an keine Regeln halten und die Münchner Polizei nimmt diese Aufgabe sehr ernst.

Sie sind in der Münchner Innenstadt unterwegs und gehen Richtung Alter Botanischer Garten, vorbei am Justizpalast.

Dort halten sich oft Obdachlose und Jugendliche auf und dies gilt es, zu kontrollieren.

Als sich die beiden Polizisten dem großen Brunnen im Alten Botanischen Garten nähern, wundern sie sich, dass weder Obdachlose noch Jugendliche sich in dem kleinen Park aufhalten.

Allerdings fällt den beiden auf, dass über den Brunnenrand eine Person liegt, die sich nicht bewegt. Auch auf Zuruf von Georg Schober reagiert die Person nicht.

Als die beiden näherkommen und ihre Taschenlampen einschalten, gefriert ihnen das Blut in den Adern.

Ein Mann hängt reglos über dem Brunnenrand, offensichtlich wurde ihm die Kehle durchgeschnitten und das Brunnenwasser ist blutrot gefärbt.

Die beiden rufen sofort Verstärkung und warten auf die Ankunft der Einsatzkräfte. Sie sperren die Stelle ab und suchen im Umkreis des Brunnens nach Spuren, soweit das im Taschenlampenlicht möglich ist.

Nach Eintreffen der Einsatzkräfte wirkt bei Scheinwerferlicht der Tatort unwirklich und beklemmend. Die beiden Polizisten hatten bis dahin noch nie eine Leiche entdeckt und sind sehr angespannt.

Hauptkommissar Peter Siegenburg und seine Kollegin, Kommissarin Paula Freund, treffen am Tatort ein. Man merkt ihnen an, dass man sie gerade aus dem Bett geklingelt hat, denn beide machen einen äußert zerknitterten Eindruck.

„Was hamma?" fragt Siegenburg mürrisch! Diese frühe Stunde ist definitiv nicht seine bevorzugte Arbeitszeit.

Der Pathologe Dr. Roman Schweig, ein Mittvierziger, seit fast 20 Jahren in der Gerichtsmedizin tätig, bricht die erste Untersuchung ab.

„Es handelt sich um einen Mann, ca. 30 Jahre alt, ihm wurde mit einem sauberen Schnitt die Kehle durchgeschnitten. Tatzeit ca. Mitternacht. Er ist, nach erster Sichtung, sehr gepflegt, sehr teuer gekleidet, in seinen Taschen befinden sich keinerlei Geldbeutel, Ausweis oder Autoschlüssel. Die hintere Hosentasche ist ausgerissen, ich vermute, der Täter hat alles mitgenommen um die Identifizierung zu erschweren."

Siegenburg ist sichtlich genervt, denn er kann diesen Dr. Schweig einfach nicht ausstehen. „Wer hat den Toten gefunden?" Die beiden Streifenpolizisten stehen, noch etwas blass, in der Nähe und melden sich sofort! „Wir waren das!"

Während Kommissarin Freund sich im näheren Umfeld umschaut, wendet sich Siegenburg an die beiden Polizisten. „Sie beide haben auf Ihrem Streifengang die Leiche gefunden! Sind Ihnen hier noch weitere Menschen aufgefallen?"

Polizeiobermeister Schober ergreift das Wort: „Auf unserem routinemäßigen Streifengang kommen wir immer an diesen Park, da sich hier normalerweise immer Jugendliche und Obdachlose aufhalten. Auffällig war heute, dass der Park komplett leer war, nicht mal auf einer der Bänke hat ein Obdachloser geschlafen! Es war nicht ein möglicher Zeuge in der Nähe. Das ist ungewöhnlich!"

Nun kommt auch Kommissarin Freund dazu. Sie hat sich im Park umgesehen und es fiel auf, dass alle Bänke leer waren, keinerlei Hinweis auf Obdachlose oder Jugendliche. „Sehr auffällig ist allerdings, dass sämtliche Abfallkörbe komplett leer sind. Scheinbar hat der Mörder ordentlich aufgeräumt, denn es ist nicht davon auszugehen, dass die Jugendlichen oder Obdachlosen hier sauber gemacht haben!"

„Den Park komplett abriegeln, die Spurensicherung soll hier jeden Quadratzentimeter umdrehen!" Siegenburg spürt, wie seine Lebensgeister langsam aus den Kissen kriechen! Dieser Fall scheint nicht gewöhnlich zu sein. Ein Mörder, der das komplette Umfeld nach der Tat sauber macht? Abfalleimer ausleert und Zigarettenkippen einsammelt?

Siegenburg und Freund beobachten, wie die Leiche in die Pathologie abtransportiert wird. „Büro?" Freund nickt und die beiden machen sich auf den Weg ins Präsidium.

Im Präsidium angekommen, erstellen die beiden erst mal eine grobe Zusammenstellung der bekannten Fakten.

„ca. 30 Jahre alte männliche Leiche mit einem blitzsauberen Schnitt im Hals!" Freund stellt das gute altbewährte Flipchart auf und beginnt mit den Aufzeichnungen.

„Gepflegte Erscheinung, teure Kleidung, keinerlei Papiere! Wir geben ein Foto an die Presse! Vielleicht findet sich ja jemand, der unseren unbekannten Toten kennt."

Siegenburg kratzt sich mit dem Bleistift am Kopf. „So ein sauberes Umfeld habe ich nach einem Mord im Freien mitten in der Stadt noch nicht gesehen! Da war jemand wirklich sehr bemüht, sämtliche möglichen Spuren zu beseitigen! Diese Tatsachen dürfen allerdings auf gar keinen Fall an die Presse gelangen! Das ist Täterwissen!"

Das Klingeln des Telefons holt die beiden Kommissare aus ihren Überlegungen. Der Pathologe hat per Mail ein Foto des Toten geschickt. Siegenburg und Freund betrachten das Foto eingehend. Der Mann auf dem Foto, abgesehen davon, dass er ziemlich blutleer und tot ist, sieht auf dem Foto fast aus, als lebe er noch.

„Na, dann leiten wir das an die Pressestelle mit dem Aufruf: Wer kennt diesen Mann? Mal sehen, was dabei raus kommt!"

Nachdem es momentan nichts zu tun gibt, beschließen die beiden, nun doch Feierabend (oder eher -morgen) zu machen und sich noch die eine oder andere Mütze Schlaf zu gönnen.

Siegenburg setzt die Kollegin zu Hause ab und fährt in Richtung seiner Wohnung. Der Fall droht interessant zu werden und als er sich grübelnd auf seine Couch setzt, übermannt ihn doch die Müdigkeit und er fällt in einen unruhigen Schlaf.

Nach drei mehr oder weniger erholsamen Stunden sitzen die beiden aber schon wieder im Büro. Es hat sich eine Dame gemeldet, die behauptet, die Freundin des Toten zu sein. Nun sind Siegenburg und Freund hellwach und bereiten sich auf die Befragung der jungen Dame vor. Julia Schön, 27 Jahre alt und wohnhaft in München. Sie hat den Toten eindeutig als Markus Kreiner identifiziert, mit dem sie seit einem halben Jahr zusammen lebt. Sie kam am Morgen ins Präsidium, um ihren Freund als vermisst zu melden und hat die Pressemeldung gesehen.

Nun sitzt sie weinend und verstört im Büro der beiden Kommissare.

„Oh, mein Gott, wer tut so etwas!!!!" Julia Schön ist völlig verstört und wischt sich die Tränen aus dem Gesicht. „Er war so ein lieber Mensch! Er hatte keine Feinde, er kam mit allen Menschen gut klar!"

Siegenburg und Freund versuchen möglichst einfühlsam, Julia Schön über ihren Freund zu befragen.

„Was hat Ihr Freund denn beruflich gemacht?"

„Er ist …... ääh er war ….." wieder überkommt Julia Schön ein Weinkrampf!! „….. er war Eventmanager. Er hat Veranstaltungen jeder Art organisiert. In München und Umgebung! …. er was so ein lieber guter Mensch!"

„War er selbständig oder Angestellter in einer Firma?"

„Er war Geschäftsführer der Eventagentur „MyBigParty", seit über 5 Jahren!"

Kommissarin Freund geht nach nebenan um eine Kollegin zu beauftragen, alles über diese besagte Firma herauszubekommen und kehrt zur Befragung zurück.

Kommissar Siegenburg versucht möglichst ruhig zu bleiben. „Hatte Ihr Freund Feinde oder hatte er in letzter Zeit irgendwelchen Ärger mit jemandem?"

„Nein!!!!! Er hatte keine Feinde! Er war bei allen beliebt, seine Mitarbeiter hielten große Stücke auf ihn!" Wieder bricht sie in Tränen aus! „Aber doch, vor einigen Tagen hat er mir von einer ziemlich hässlichen Auseinandersetzung mit einem Gast einer Betriebsfeier erzählt!"

Die beiden Kommissare werden sofort hellhörig! „Wissen Sie, um welche Betriebsfeier für welche Firma es sich handelt?"

„Es war wohl weniger eine Firma als mehr ein sehr seltsamer Verein! Wenn ich mich richtig erinnere, hieß dieser Verein „Wir sind Helden"! Aber was die genau machen, habe ich keine Ahnung."

Und wieder verlässt Kommissarin Freund den Raum, um die Kollegin nebenan um Recherche zu diesem Verein zu bitten.

„Nun gut, das reicht für's Erste!" Siegenburg legt beruhigend die Hand auf die Schulter von Julia Schön. „Sie können jetzt nach Hause gehen! Wenn wir noch Fragen haben, werden wir uns bei Ihnen melden. Vielen Dank erst mal!"

Julia Schön verlässt das Büro und Siegenburg und Freund bleiben erst einmal still zurück.

„Tja, ein guter Mensch, keine Feinde, überall beliebt! Aber einen Feind muss er ja gehabt haben!" Kommissar Siegenburg's Denkmaschine nahm hörbar ihre Arbeit auf!

Auf den ersten Blick waren die Recherchen über die Firma MyBigParty und diesen Verein „Wir sind Helden" nicht sehr aufschlussreich. Die Firma MyBigParty, in der der Tote seit über 5 Jahren Geschäftsführer war, ist eine Firma, die für Firmen, Geburtstage, Betriebsfeiern, Hochzeiten etc. Events organisiert (wie z.B. Bandauftritte, Lightshows, Discoshows, Die Firma hat ca. 25 Mitarbeiter (Organisation, Technik, Catering etc.).

Eine Liste der Mitarbeiter zur weiteren Befragung liegt den beiden Kommissaren sehr schnell vor. Diese gilt es nun, abzuarbeiten und jeden einzelnen zu befragen.

Interessanter wurde es bei den Mitgliedern des Vereins „Wir sind Helden". Ein Verein mit über 150 Mitgliedern aus allen Schichten vor allem der Münchner Gesellschaft.

Es sind Anwälte, Geschäftsmänner, Fußballprofis, Barbesitzer und auch anonyme Menschen auf der Mitgliederliste. Diese Liste war natürlich für die beiden Kommissare mehr als interessant.

Nun galt es zuerst abzugleichen, wer von den Mitgliedern bei dieser Veranstaltung vor einigen Tagen anwesend war, oder wer vielleicht (auch von den Mitarbeitern der MyBigParty) Probleme mit dem Toten gehabt haben könnte.

Die Liste des Vereins „Wir sind Helden" las sich wie das who is who in München! Wie die Kommissarin Freund meinte, eine äußerst interessante Lektüre.

„Wer macht die Helden, wer macht die Mitarbeiter?" Siegenburg schaut grinsend zu seiner Kollegin.

Siegenburg schaut auf die Uhr. „Es ist jetzt halb 10 morgens in Deutschland, ich würde vorschlagen, wir gehen beide zur Firma und befragen die Mitarbeiter!" Kommissarin Freund fand den Vorschlag sehr angenehm.

Das Firmengebäude lag im Norden Münchens in einer Art Industriegebiet. Dort sind jede Menge Autohäuser und Bürokomplexe zu finden.

Die Firma MyBigParty ist in einem dreistöckigen Bürohaus in einer kleinen Seitenstraße. Die Firma erstreckt sich über 2 Stockwerke. Verwaltung, Planung, Technik und Catering sind alle zusammen in dem Gebäude untergebracht.

Am Empfang fragen die Kommissare nach dem stellvertretenden Geschäftsführer. Die junge Dame ist etwas nervös und sucht auf einer Liste nach der Telefonnummer. Wahrscheinlich hat die Nachricht des Ablebens ihres Chefs im Betrieb schon die Runde gemacht.

Der stellvertretende Geschäftsführer mit dem klingenden Namen Jorge Solardes kam mit leidender Mine auf die beiden Kommissare zu. „Mein Gott, es ist so furchtbar! Wer hat das getan? Haben Sie schon Erkenntnisse?" Jorge Solardes war ein trendiger Mitt-Dreißiger, ziemlich gut aussehend und äußerst bedacht auf ein makelloses Aussehen.

„Leider sind wir noch ganz am Anfang unserer Ermittlungen. Wie war denn Ihr Verhältnis zu Herrn Kreiner?"

Solardes legte einen betrübten Gesichtsausdruck auf. „Also, wir waren zwar nicht gerade best bodies, aber unser geschäftliches Verhältnis war mehr als gut! Wir haben sehr gut zusammengearbeitet und uns auf betrieblicher Ebene sehr gut ergänzt! Privat haben wir uns aus jeweils aus dem Leben des anderen herausgehalten. Das hat sehr gut funktioniert!"

„Haben Sie in der Firma etwas davon mitbekommen, das Herr Kreiner mit irgendwelchen Mitarbeitern Probleme hatte?"

„Das kann ich definitiv verneinen! Markus hatte eine sehr positive Art, mit allen Mitarbeitern umzugehen. Ich wüsste nicht, wer ein Problem mit ihm gehabt haben könnte!"

Kommissarin Freund hakte noch einmal nach. „ Gab es vielleicht irgend eine weibliche Mitarbeiterin, die ein Problem mit Herrn Kreiner hatte? Oder einen männlichen Mitarbeiter in Zusammenhang mit Eifersucht?"

„Aber nein, ich sagte doch schon, er hatte eine sehr positive und schon fast kumpelhafte Art, mit den Mitarbeitern umzugehen. Ich kann mir nicht vorstellen, dass er in der Firma ein amouröses Abenteuer angefangen hätte. Dazu war er nicht der Typ!"

Die Befragung der Belegschaft ergab keinerlei Auffälligkeiten, alle Mitarbeiter hatten ein gutes Verhältnis mit ihrem Chef und keiner machte den Eindruck, dass er lügt.

Auch im sonstigen privaten Umfeld des Opfers war kein Anhaltspunkt zu finden, wer Markus Kreiner so etwas angetan haben könnte.

Freund und Siegenburg fuhren nun voll gewisser Vorfreude zurück ins Präsidium, um sich um die Liste der Vereinsmitglieder „Wir sind Helden" zu kümmern.

Die Anwälte auf dieser Liste waren überwiegend Strafverteidiger, die sich die „schwersten" Jungs als Mandanten aussuchten. Nicht nur Schläger, Vergewaltiger und Einbrecher, sondern überwiegend Jungs aus „gutem Hause", die ziemlichen Mist bauen und Mama und Papa den teuersten Strafverteidiger nehmen, um ihr Bürschlein vor dem Knast zu bewahren.

Die Geschäftsmänner waren alles Manager und Geschäftsführer von Firmen aus München und Umgebung. All diese Firmen haben irgendetwas mit Umwelt und Recycling zu tun, was per se ja sehr löblich ist, aber in diesen Fällen eher einen faden Beigeschmack hat.

Barbesitzer aus dem Münchner Rotlicht-Millieu, die überwiegend schon aktenkundig sind, man ihnen aber leider selten etwas nachweisen kann (was auch den findigen Strafverteidigern zu verdanken ist).

Am interessantesten war jedoch der Teil der Liste, auf dem die anonymisierten Mitglieder standen. Nun galt es herauszufinden, wer hinter dieser Anonymität steckte.

Die Kommissare pinnten die Auflistungen an das Flipchart, erst die Anwälte, dann die Geschäftsmänner, die Barbesitzer und den „weißen Fleck" mit den Anonymen!

Siegenburg kaut auf seinem Kugelschreiben. „Wie kriegen wir die Anonymos raus? Wie kommen wir an die Namen?"

Paula Freund blickt auf das Flipchart. „Wir werden dem Verein einen Besuch abstatten! Ich glaube zwar nicht, dass sie mit den anonymen Mitgliedern rausrücken, aber einen Versuch ist es wert!"

Das „Vereinsheim" war eine stattliche Villa im noblen Münchner Stadtteil Bogenhausen. Großer Garten, hoher Zaun, prunkvolle Auffahrt! Nach einem mühsam vereinbarten Termin standen nun die beiden Kommissare vor dem Gebäude und betätigten die äußerst auffällige Klingel.

Eine ältere Dame mit ziemlich verkniffenem Gesichtsausdruck öffnete die Tür und stellte sich als Frau Margarete von Steinbach vor. Sie war die Hausdame des Vereins!

Siegenburg und Freund zeigten ihre Ausweise und stellten sich vor. „Guten Tag, wir möchten mit dem Vorstandsvorsitzenden dieses Vereins sprechen!" Frau von Steinbach trat zur Seite und ließ die beiden eintreten.

„Ich sage Herrn Mühlenberg Bescheid! Wenn Sie bitte in der Bibliothek warten möchten!" Diese Frau ging nicht, sie schritt in Richtung eines anderen Raumes und die Kommissare betraten die Bibliothek.

Dunkle Holzregale bis an die Decke, Bücher über Bücher, an einer Wand hing ein überdimensionales Wappen. Dicke Teppiche und edle stilvolle Möbel waren sehr edel und füllten den Raum sehr elegant aus. Paula Freund machte von dem Wappen an der Wand mit ihrem Smartphone ein Foto. Die beiden Kommissare waren sichtlich erschlagen von so viel Stil! „Kann einem gefallen, muss aber nicht!" Siegenburg fühlte sich nicht wohl in solchem Ambiente.

Ein Mann im feinen dunkelgrauen Flanellanzug, mit Hals- und passendem Einstecktuch, betrat die Bibliothek. Paula Freund schätze ihn auf circa Ende 60. Er reichte den beiden Kommissaren die Hand. Freund vielen die sehr gepflegten Hände auf und der Mann roch nach einem sehr interessanten After Shave, der Geruch erfüllte sofort den ganzen Raum.

„Harald Mühlenberg, guten Tag! Ich bin der Vorstandsvorsitzende unseres Vereins."

„Hauptkommissar Siegenburg, das ist meine Kollegin, Hauptkommissarin Freund. Wir untersuchen den Mordfall an Markus Kreiner. Sie hatten vor einigen Tagen ein von seiner Firma organisiertes Fest, ist das richtig?"

Paula Freund beobachtete die Reaktion von Herrn Mühlenberg sehr genau. Er bemühte sich, neutral zu wirken, aber sie merkte sofort, wie sein linkes Auge kurz zuckte.

„Wir hatten vergangenen Freitag eine Party für die Vereinsmitglieder. Die Beauftragung der Eventagentur MyBigParty habe ich höchstpersönlich übernommen, da diese mir von einem Mitglied empfohlen wurde."

Siegenburg fragt nach: „Würden Sie uns verraten, von welchem Mitglied Sie die Empfehlung bekommen haben?"

„Das kann ich Ihnen leider nicht sagen, dieses Mitglied gehört zu den anonymen Mitgliedern, da darf ich keine Namen nennen!"

„Das führt mich zu meiner nächsten Frage!" Siegenburg lässt nicht locker! „Da wir in einem Mordfall ermitteln, ist es für uns unabdingbar, alle Namen Ihrer Mitglieder zu erfahren!"

„Das ist vollkommen unmöglich! Wir legen größten Wert auf Diskretion!" Mühlenberg ist sichtlich erregt und ringt um Fassung. Paula Freund meint nur ganz trocken: „Wir können auch gerne mit einem Gerichtsbeschluss wiederkommen! Ihr Verein steht in unmittelbarem Zusammenhang mit unseren Mordermittlungen. Von daher wird es kein Problem sein, einen richterlichen Beschluss zu bekommen!"

Siegenburg will ein wenig den Pfeffer aus der Konversation nehmen. „Erklären Sie uns doch bitte kurz, was Ihre Verein eigentlich macht!"

Mühlenberg beruhigt sich sichtlich und erklärt den Kommissaren: „Unsere Vereinsmitglieder kommen ausschließlich aus der gehobenen Gesellschaft. Adel und Geldadel trifft hier aufeinander. Erfolgreiche Anwälte und Geschäftsleute haben sich unserem Verein verpflichtet." Siegenburg ist wenig beeindruckt und fragt weiter: „Das erklärt immer noch nicht, was Ihr Verein eigentlich tut!"

Mühlenberg entspannt sich und holt aus: „Wir haben uns zur Aufgabe gemacht, Existenzen, die in Not geraten sind, aus welchem Grund auch immer, zu unterstützen. Wie die Unterstützung genau aussieht, hängt von vielen Faktoren ab. Diese einzeln aufzuzählen, würde den heutigen Rahmen wohl sprengen!" Eine gewisse Arroganz macht sich in seinem Gesicht breit.

Siegenburg ist sichtlich genervt! „Das ist mir etwas zu schwammig!"

„Schwammig?????" Mühlenberg ist sichtlich empört!!!! „Wir helfen Menschen in schwierigen Situationen, was ist daran SCHWAMMIG?"

Freund versucht zu schlichten! „Herr Mühlenberg, wir wollen uns jetzt nicht damit aufhalten. Es geht eigentlich darum, dass Zeugen ausgesagt haben, es hätte bei Ihrer Vereinsfeier eine hässliche Auseinandersetzung mit dem Opfer gegeben! Was können Sie dazu sagen?"

Mühlenberg ringt immer noch um Fassung. „Ich habe nichts von einer Auseinandersetzung mitbekommen! Wer behauptet so was?"

„Erklären Sie uns doch bitte, wie diese Veranstaltung zustande kam und wie der Abend verlaufen ist." Freund lässt nicht locker.

„Wie ich schon sagte, wurde mir die Eventagentur von einem Mitglied wärmstens empfohlen. Deshalb habe ich mich um keine andere Agentur mehr bemüht, denn das Wort eines Mitglieds ist für mich ausreichend. Wir haben unsere Feier nach Vorschlag der Agentur in einer adäquaten Location hier in München abgehalten. Die Agentur stellte die Dekoration, Fingerfood und Getränke, Musik kam nur aus dem Hintergrund und die Agentur hatte gegen Mitternacht eine Lightshow angekündigt. Nach meinem Empfinden war es eine gelungene Veranstaltung, trotz aller Corona-Auflagen und ich wüsste nicht, warum es mit Herrn Kreiner zu einer Auseinandersetzung gekommen sein soll!"

„Sie haben also von einer Auseinandersetzung mit Herrn Kreiner nichts mitbekommen?" Freund beobachtet Mühlenberg sehr genau.

„Nein, ich habe nichts beobachtet!" Mühlenberg wirkt sichtlich ungehalten.

Siegenburg freut sich schon auf seine nächste Frage: „So, dann bräuchten wir bitte die vollständige Mitgliederliste Ihres Vereins, damit wir alle einzeln dazu befragen können!"

Mühlenberg steht kurz vor der Schnappatmung. „Wie ich Ihnen bereits sagte, legen wir größten Wert auf Diskretion! Wenn Sie also eine komplette Namensliste unserer Mitglieder haben möchten, dann müssen Sie mit einem Gerichtsbeschluss wiederkommen! Sie finden alleine raus!" Sagt's und verlässt die Bibliothek.

Siegenburg und Freund bleiben grinsend in der Bibliothek zurück. Als die beiden die Villa verlassen, sind sie sich still darüber einig, dass die Suche nach dem Mörder sich auf jeden Fall in diesem Verein weiterführen lässt.

Zurück im Präsidium liegt ein Zettel auf Siegenburgs Schreibtisch, Julia Schön bittet um Rückruf. Siegenburg wählt die Nummer und stellt das Telefon auf laut, damit die Kollegin mithören kann.

„Frau Schön, wie geht es Ihnen? Ist Ihnen noch etwa eingefallen?"

Man merkt der jungen Frau an, dass sie noch unter Schock steht. Ihre Stimme ist leise und immer wieder von Schluchzern unterbrochen. „Markus rief mich von der Veranstaltung an. Er war wütend. Als er mir von dieser Auseinandersetzung erzählt hat, hat er gesagt: 'Dieser feine Herr Doktor hält sich für was Besseres! ' Ich hatte das vergessen, aber vielleicht ist das für Sie hilfreich."

„Vielen Dank Frau Schön, das ist ein wichtiger Hinweis!" Paula Freund wünscht Frau Schön einen schönen Tag und legt auf! „Da können wir ja eventuell die Barbesitzer von unserer Liste streichen! Ich kann mir nicht vorstellen, dass da ein Doktor dabei ist!"

„Na, dann werden wir uns mal um einen Gerichtsbeschluss bemühen, damit wir einen gewissen Herrn Doktor mal befragen können!" Siegenburg grinst und Freund freut sich schon auf die Ermittlungen. Da es aber schon 3 Uhr am Nachmittag ist, haben beide wenig Hoffnung, dass das heute noch etwas wird.

Der Antrag auf Gerichtsbeschluss ging raus und die beiden gingen einen Kaffee trinken.

Als die beiden zurück ins Büro kommen, klingelt das Telefon. Siegenburg hebt ab und hält das Telefon sofort einen halben Meter weg! Der Oberstaatsanwalt brüllt ins Telefon: „Sind Sie beide komplett wahnsinnig geworden!!!!!!! Sie erwarten doch nicht ernsthaft, dass ich Ihnen einen Gerichtsbeschluss ausstelle um den Verein „Wir sind Helden" auseinanderzunehmen!!!"

Siegenburg sammelt sich nach diesem Schreck und versucht, den Oberstaatsanwalt zu beruhigen. „Herr Oberstaatsanwalt, im Zuge unserer Ermittlungen im Mordfall Kreiner spielt dieser Verein eine wichtige Rolle! Aber um alle Mitglieder befragen zu können, benötigen wir selbstverständlich sämtliche Namen!"

„Wie kommen Sie überhaupt darauf, dass dieser Verein etwas mit dem Mord zu tun hat?" Der Oberstaatsanwalt ist wieder etwas leiser geworden.

Freund springt ein. „Eine Zeugin hat ausgesagt, dass es auf der Betriebsfeier von diesem Verein zwischen unserem Opfer und einem Mitglied zu einer hässlichen Auseinandersetzung gekommen ist. Um auszuschließen, dass diese Auseinandersetzung etwas mit dem Mord zu tun hat, müssen wir alle Anwesenden befragen. Das können wir aber nur, wenn wir die entsprechenden Namen dazu haben. Herr Mühlenberg ist aber ohne richterlichen Beschluss nicht bereit, die Namen zu nennen." Siegenburg zeigt den Daumen hoch!

„Harald Mühlenberg ist ein angesehener Bürger unserer Stadt und mit seinem Verein hat er schon sehr viel Gutes bewirkt! Er ist über jeden Zweifel erhaben und auf gar keinen Fall werden Sie einen richterlichen Beschluss bekommen!"

Freund legt den Hörer auf und ist sichtlich frustriert. Siegenburg grinst und meint: „Na, dann können wir schon mal einen anonymen Namen auf der Liste ausfüllen. Ich denke mal, dass unser Herr Oberstaatsanwalt eines der anonymen Mitglieder ist, so wie der sich aufgeführt hat!"

Die beiden fügen auf der Liste bei den anonymen Mitgliedern einfach einen Herrn Osta ein, ist ja nicht gleich ersichtlich, dass es sich hier um den Oberstaatsanwalt handelt.

„Gehen wir auf ein Feierabend-Bierchen?" Paula Freund fühlt sich bei ihrer Zusammenarbeit mit Siegenburg einfach nur wohl. Es ist eine wunderbare Beziehung, die beiden ergänzen sich in vielen Dingen und auch Siegenburg genießt die Zusammenarbeit mit der Kollegin. Wobei es sich wirklich lediglich auf die berufliche Zusammenarbeit bezieht. Siegenburg hält sein Privatleben aus dem Präsidium raus, auch seine Kollegin weiß eigentlich nicht viel über ihn. Und Siegenburg will über das Privatleben der Kollegin eigentlich auch nichts wissen, damit ist er all die Jahre immer gut gefahren.

Beim Kiosk um die Ecke kaufen sich die beiden ein Bierchen und setzen sich auf eine nahegelegene Bank, denn Kneipen sind ja alle zu! Das Gesprächsthema ist natürlich der Fall und die beiden sinnieren gemeinsam vor sich hin.

„So, wo setzen wir jetzt an? Wir können natürlich alle Anwälte befragen, die auf der Mitgliederliste stehen. Da ist ja sicherlich auch der eine oder andere Doktor dabei!" Paula Freund denkt laut.

„Wir fangen morgen früh mit all den Doktoren unter den Anwälten auf der Liste an! Den Verein haben wir sowieso schon aufgescheucht!"

Der nächste Tag wurde von beiden Kommissaren freudig und mit einem frischen Kaffee begonnen. Und wieder kam das altbewährte Flipchart zum Einsatz. Die Namensliste des Vereins, die sichtbar am Flipchart hing, wurde nun von oben bis unten alphabetisch in Angriff genommen.

„Armin Freiherr von Arnstetten ist Anwalt für Firmenrecht, Erbschaftsrecht, Wirtschaftsrecht! Ziemlich trockene Angelegenheit!" Freund nimmt den ersten Namen auf der Liste unter die Lupe. „Röntgenstraße in Bogenhausen, nette Adresse. Wollen wir dem Herren heute mal einen Besuch abstatten?" Siegenburg kratzt sich an der Stirn! „Der ist aber kein Doktor! Könnte höchstens sein, dass er von der Auseinandersetzung etwas mitbekommen hat. Und wenn sich Richtung irgendeiner bestimmten Person Ansätze ergeben, schweifen wir vom Listenalphabet ab!"

Die Kommissare stehen vor einem wunderschönen Altbau in Bogenhausen, eine 4 Meter hohe Eingangstür ist die Pforte zum puren Luxus! Marmortreppenhaus, Messinggeländer, Kronleuchter als Lichtquellen. Zwei Steuerkanzleien und zwei Anwaltskanzleien sind in diesem Luxus ansässig.

Die Klingel zur Kanzlei von Arnstetten war kein einfaches Ding Dong! Es war mehr wie das Klingeln eines Windspiels, leise und melodisch. Eine sehr hübsche Mittdreissigerin in chicem Kostüm öffnet die Tür.

„Guten Tag, mein Name ist Vanessa Hohlburg, ich bin die persönliche Assistentin von Herrn von Arnstetten. Sie sind sicher die Kommissare, die uns angekündigt wurden. Kommen Sie doch bitte herein."

Der Luxus aus dem Treppenhaus wurde in dieser Kanzlei noch um Längen getoppt! Marmorboden, Perserteppiche, Zimmerpflanzen fast in Raumhöhe, Stilmöbel in jeder Ecke des Raumes.

Armin Freiherr von Arnstetten passte optisch überhaupt nicht zu diesem Ambiente und zu seinem klangvollen Namen. Er war ein kleiner, untersetzter Mann Mitte 50. Sein Anzug sah aus, wie vom Discounter von der Stange. Die Hosenbeine zu lang und stoßen auf die Schuhe und werfen Wellen, das Hemd spannt über dem Wohlstandsbauch und ein Knopf ist kurz davor, quer durch das Zimmer zu schießen.

„Meine lieben Kommissare, was kann ich für Sie tun?" Er hatte eine sonore Stimme, die überhaupt nicht zu seinem Äußeren passten.

„Herr von Arnstetten, es geht um Ihre Betriebsfeier von vergangener Woche, ausgerichtet von der Agentur MyBigParty. Der Geschäftsführer der Agentur wurde vorgestern tot aufgefunden. Im Zuge unserer Recherchen sind wir an die Information gelangt, dass es bei der Feier eine Auseinandersetzung mit einem Ihrer Mitglieder und unserem Opfer gegeben hat. Haben Sie da etwas mitbekommen?"

Von Arnstetten hatte einen sehr um Neutralität bemühten Gesichtsausdruck. Er war nicht überrascht oder betroffen. „Da, meine lieben Kommissare, kann ich Ihnen leider nicht weiterhelfen. Ich habe bei dieser Feier über die Maßen Alkohol genossen und bin gegen 23 Uhr mit einem Taxi nach Hause gefahren. Von irgendeinem Streit oder Auseinandersetzung habe ich nichts mitbekommen."

Freund fragt weiter. „Herr von Arnstetten, war Ihre Sekretärin, Frau Hohlburg, auch auf dieser Feier? Wir würden sie dann auch gerne befragen."

„Frau Hohlburg ist meine Assistentin, nicht meine Sekretärin!" Er war etwas pickiert. „Aber ja, sie war auch auf der Feier!"

„Herr von Arnstetten, vielen Dank für Ihre Zeit! Wir finden alleine raus." Siegenburg konnte es kaum erwarten, den Raum zu verlassen.

Draußen wartete schon Frau Hohlburg, es hatte den Anschein, als hätte sie alles mitgehört, was in von Arnstettens Büro besprochen wurde. Sicherlich hatte sie schon alle Antworten auf die Fragen der Kommissare parat. Freund ging gleich in die Offensive: „Frau Hohlburg, Sie waren auch auf der Feier. Haben Sie etwas von einem Streit oder Auseinandersetzung mitbekommen?"

Vanessa Hohlburg war ein Paradebeispiel für Selbstdisziplin. Sie antwortete sehr schnell: „Ich habe nichts von einem Streit mitbekommen. Ich habe mich den ganzen Abend angeregt mit den anderen Mitgliedern des Vereins unterhalten."

Siegenburg wurde neugierig. „Sind Sie auch Vereinsmitglied oder waren Sie nur in Ihrer Funktion als Assistentin bei der Feier?"

„Nein, ich bin kein Vereinsmitglied, das steht mir nicht zu. Ich war nur in meiner Assistenz-Funktion dabei."

„Wann und mit wem haben Sie denn die Feier verlassen?" Freund will einfach mehr aus dieser Frau herausholen. Sie ist einfach zu perfekt!

„Ich habe kurz nach Herrn von Arnstetten die Feier alleine verlassen und bin zu Fuß nach Hause gegangen. Ich wohne nicht weit von der Location. Haben Sie sonst noch Fragen?" Siegenburg stubst unbemerkt seine Kollegin an. „Ich glaube, das reicht für's Erste! Vielen Dank, wenn wir noch Fragen haben, kommen wir auf Sie zu."

Siegenburg und Freund verlassen das Haus und gehen Richtung Auto. „Was soll man nun von solch aalglatten Aussagen halten! Wir können nicht beurteilen, ob die beiden lügen oder nicht! Selbst wenn sie lügen, können wir Ihnen das nicht nachweisen!" Siegenburg ist leicht frustriert."

Freund überlegt laut: „Wurden auf dieser Betriebsfeier eigentlich Fotos gemacht? Das wäre ein interessanter Aspekt."

„Nachdem dieser Verein sehr anonym unterwegs ist, kann ich mir nicht vorstellen, dass Fotos existieren. Die rücken die Namen mancher Mitglieder nicht raus, da werden sie auch nicht wollen, dass in irgendeinem Revolverblatt Bilder von ihren Mitgliedern auftauchen!"

Siegenburg ist da eher skeptisch.

Interessant für die beiden Kommissare war auch, dass über keines der Mitglieder irgend etwas persönliches im Internet zu finden ist. Also keine Angaben über Familie, Ehepartner, Kinder etc. Lediglich das Berufsfeld wurde ins Internet gestellt. Aber als Polizei hat man natürlich über das EWA (Einwohnermeldeamt) die Möglichkeit, die Privatadresse ausfindig zu machen.

Zurück im Präsidium nahmen sie sich den nächsten Namen auf der Liste vor. Dr. Simon Bernheim wäre der nächste, er ist Steuerberater in einer großen Steuerberatungsgesellschaft. Sitz dieser Gesellschaft ist in den neuen Bürokomplexen in der Arnulfstraße. Sehr modern, sehr gediegen, etwas kühl vielleicht. Aber das war ja Geschmackssache.

Dr. Simon Bernheim empfing die beiden Kommissare persönlich in den Räumlichkeiten der Steuerberatungsgesellschaft. Ein relativ junger Mann, kühl und besonnen, äußerst reserviert. Auch er hat an der Feier teilgenommen und natürlich nichts von einem Streit mitbekommen.

Wenn man die bisherigen Aussagen zusammenträgt fällt auf, dass sie sich eigentlich alle sehr ähneln. Keiner hat etwas von einem Streit bemerkt, alle sind brav nach Hause gefahren oder gegangen und niemandem ist etwas aufgefallen. Man könnte fast denken, die Mitglieder haben sich alle auf eine identische Aussage geeinigt.

Das Zusammentragen der Aussagen war frustrierend! Alle Aussagen waren fast identisch. Ob Doktortitel oder nicht, keiner hatte Streit mit Herrn Kreiner.

„Frau Kollegin, morgen werden wir uns das Catering-Personal von Herrn Kreiner vornehmen, da waren schließlich ein paar vor Ort. Einer muss etwas beobachtet haben!"

Auch dieser Arbeitstag endete wieder auf mit einem Feierabendbierchen auf der Parkbank!

Die Befragung der Catering-Mitarbeiter brachte auch keinen neuen Erkenntnisse. Keiner der Mitarbeiter hatte von dieser Auseinandersetzung etwas mitbekommen. Alle waren zu sehr auf ihre Arbeit konzentriert.

Die beiden Kommissare fuhren zurück ins Präsidium und stellten sich an ihr Flipchart.

„Es ist schon frustrierend, wenn man so auf der Stelle tritt!" Siegenburg blickte auf die bisherigen Erkenntnisse auf dem Flipchart. Freund kaut grübelnd auf ihrem Bleistift. „Solange wir keine vollständige Namensliste der Mitglieder haben, kommen wir nicht weiter! Aber dank unseres Herrn Oberstaatsanwalts werden wir auch keine Liste bekommen."

„Sehen wir uns doch die Tatortfotos noch einmal genauer an. Vielleicht haben wir etwas übersehen!" Die beiden pinnten die Fotos nacheinander auf das Flipchart.

Die Tatortfotos waren wirklich gespenstisch. Der blutleere Körper im Scheinwerferlicht, der über dem Brunnenrand liegt, das rot gefärbte Brunnenwasser, aber das gespenstischste war die absolut aufgeräumte und saubere Umgebung. Die Mülleimer waren leer, es lag kein Stückchen Papier oder irgendwelche Zigarettenkippen oder gar Flaschen herum. Und dass sich keine Personen auch nur in der Nähe aufgehalten haben, war mehr als ungewöhnlich.

„Vielleicht sollten wir uns auch mal bei den einschlägigen Obdachlosen umhören, die sich normalerweise in dieser Gegend aufhalten. Es sind doch eigentlich immer die selben, die dort ihr Lager aufschlagen." Freund denkt laut und Siegenburg ist von der Idee sehr angetan.

„Unsere beiden Streifenpolizisten, die den Toten gefunden haben, sind doch offensichtlich öfter in diesem Bereich unterwegs. Die kennen doch sicherlich den einen oder anderen von den Obdachlosen, die dort regelmäßig schlafen. Schicken wir die beiden doch einmal los zur Befragung. Ich bin sicher, dass die Obdachlosen eher einem Streifenpolizisten, den sie kennen, etwas erzählen als uns!"

Die beiden Polizeibeamten Schober und Seeger waren sehr gerne bereit, sich in diesem Bereich einmal bei den Obdachlosen umzuhören. Siegenburg und Freund widmeten sich dann wieder der Mitgliederliste.

„Auf unserer Mitgliederliste ist für mich ein Name interessant. Dr. jur. Maximilian Alexander, Strafverteidiger in gut situierten Kreisen, der verwöhnte Reiche-Leute-Kids vor dem Knast bewahrt." Freund freut sich sichtlich auf die Befragung des Herren.

Und wieder war die Kanzleianschrift in einem sehr noblen Viertel in München-Grünwald. Die Kanzlei befand sich in der Privatvilla des Herrn Dr. jur. Maximilian Alexander. Die Überwachungskameras an der Villa waren sehr gut getarnt, aber trotzdem sichtbar. Die Kommissare hatten kaum geklingelt, da wurde schon der Öffner für das Gartentor gedrückt. Ein sehr stattlicher 2-Meter-Mann in Maßanzug öffnete den Kommissaren die Tür. Er hatte ein bisschen etwas von Bud Spencer, was aber mehr auf die Größe und Figur zurückzuführen war. Ansonsten hatte er ein sehr weiches Gesicht, glatt rasiert und die Haare nach hinten gekämmt.

In Corona-Zeiten wurden ja eher weniger Hände geschüttelt, Herr Dr. Alexander bat die Kommissare ohne Handschlag herein.

Siegenburg und Freund waren von dem Luxus kaum mehr beeindruckt, sie hatten in diesem Fall schon zu viel davon genossen! Sie wurden in ein sehr weitläufiges Wohnzimmer geführt und gebeten, Platz zu nehmen.

„Meine werten Kommissare, wie kann ich Ihnen helfen? Sie sagten, es geht um die Betriebsfeier unseres Vereins neulich? Es geht wohl um den Tod dieses Herrn Kreiner. Er hat ja die Feier ausgerichtet und ich möchte betonen, dass er das ganz hervorragend gemacht hat!"

Siegenburg ließ Freund bei der Befragung den Vortritt. Ihm war der interessierte Blick des Herrn Doktor beim Anblick der Kollegin aufgefallen.

Freund verstand die stumme Aufforderung des Kollegen sofort. „Herr Dr. Alexander, ist Ihnen im Laufe der Feier etwas aufgefallen? Haben Sie eine Auseinandersetzung zwischen dem Opfer, Herrn Kreiner, und einem Ihrer Vereinsmitglieder mitbekommen?"

„Meine liebe Frau Kommissarin, ich habe seit Ihrem Anruf sehr intensiv über diesen Abend nachgedacht. Und tatsächlich habe ich eine Auseinandersetzung mitbekommen, an der Herr Kreiner beteiligt war, leider konnte ich seinen Kontrahenten nicht sehen. Herr Kreiner stand im hinteren Bereich der Location, wo so eine Art Vorhang die Sicht auf den, ich nenne es mal, „Gegner" verhinderte. Ich habe nur kurz darauf geachtet, aber Herr Kreiner war ziemlich aufgebracht! Ich konnte aufgrund der Entfernung leider nicht hören, worum es ging, aber Herr Kreiner war rot vor Zorn! Das muss so kurz nach Mitternacht gewesen sein! Ich habe nicht auf die Uhr gesehen, aber ich habe kurz danach die Feier verlassen."

Siegenburg und Freund packte schon wieder der Frust, jetzt hatten sie zwar einen Zeugen der Auseinandersetzung, aber mit wem Herrn Kreiner gestritten hat, konnte Dr. Alexander auch nicht sagen.

Freund startete einen vorsichtigen Fragenversuch zu den Mitgliedern. „Herr Dr. Alexander, leider ist es uns nicht möglich, alle Vereinsmitglieder zu befragen, da wir nicht alle Namen haben! Könnten Sie da ein wenig Licht ins Dunkel bringen?" Sie setzte ihr gewinnenstes Lächeln auf!

Dr. Alexander lächelte ziemlich charmant. „Meine sehr verehrte Frau Kommissarin, ich fühle mich von Ihrer Charme-Offensive gerade sehr geschmeichelt! Aber Sie wissen ja sicher, dass wir größten Wert auf Diskretion legen und deshalb die anonymen Namen auch anonym bleiben müssen!"

Siegenburg und Freund verließen die Villa. „Was bildet sich dieser Fatzke eigentlich ein!!!! Charme-Offensive!!!!!!!!!! Pahh! Charme-Offensive!!!!! Ist der bescheuert!!!!!???"

Freund schnaubte vor Zorn! Siegenburg amüsierte sich köstlich über seine Kollegin. „Na ja, war ja schon ein charmanter Versuch, ihm irgendwelche Namen zu entlocken!"

„Charme-Offensive!!!!!!! Kann man so was glauben!!!" Freund konnte sich kaum beruhigen. Siegenburg konnte sich ein Grinsen nicht verkneifen. Seine Kollegin war völlig aus dem Häuschen, konnte sich kaum beruhigen. Er ließ sie schnauben und als sie im Auto saßen, hatte sie sich schon wieder ein wenig beruhigt.

„Wie, verdammt noch mal, kriegen wir raus, mit wem Kreiner gestritten hat und warum!" Freund war wieder zurück auf der Ermittlungsspur.

Siegenburg ist sichtlich froh über den Rückschwung. „Wir haben noch ein paar Namen auf der Liste. Ich würde vorschlagen, wir machen mit den Namen ohne Doktor weiter, vielleicht ist einer dabei, der mehr gesehen hat."

Der Blick auf die Namen ohne Doktortitel las sich wie eine Rotlicht-Studie. Abgesehen von den 6 Geschäftsführern von Recycling-Firmen waren es ausschließlich Barbesitzer und Autohändler. Manche Namen waren den Kommissaren im Zusammenhang mit anderen Fällen bekannt.

„Also ich denke, Jürgen Schwaiger vom Goldenen Hasen können wir streichen. Der Mann ist blind wie ein Maulwurf, aber zu eitel eine Brille zu tragen. Gesehen hat der sicher nichts!" Siegenburg fügt kurz ein .. „aber vielleicht gehört!". Sie stellten Schwaiger ans Ende der Liste. Die Nummer 1 der Barbesitzer und Autohändler war für die Kommissare auf jeden Fall Reinhold Griffer. Ihm gehörte die bestens bekannte Nachtbar „Good Feelings" in der Nähe des Hauptbahnhofes.

Gegen 11 Uhr vormittags betraten die Kommissare díe Nachtbar. Sofort stand ein Schrank von Türsteher vor ihnen und grunzte: „Wir haben noch geschlossen!". Siegenburg zeigte kurz seinen Ausweis und stellte seine Kollegin vor. Sofort trat der Schrank einen Schritt zur Seite.

Die Nachtbar war ein typisches Beispiel dafür, wie sich jeder Unerfahrene solche Clubs vorstellt. Rote Plüsch-Sitzecken, eine Tanzfläche mit Stange in der Mitte und eine lange ausladende Bartheke und viel Gold und Schnickschnack als Dekoration.

„Die Polizei in meinen heiligen Hallen! Meine lieben Kommissare, was kann ich für Sie tun?" Griffer war der typische Nachtclubbesitzer. Groß, schlank, ein teurer aber äußerst auffälliger Anzug, Haare nach hinten gegelt, Cowboystiefel!

Freund ergreift das Wort: „Es geht um die Feier des Vereins „Wir sind Helden", in dem Sie ja Mitglied sind. Waren Sie bei dieser Feier anwesend?"

„Liebe Frau Kommissarin, bei unserem Verein ist es quasi Pflicht, an solchen Veranstaltungen teilzunehmen. Selbstverständlich war ich dabei!"

Siegenburg fragt weiter: „Ist Ihnen bei dieser Feier eine Auseinandersetzung zwischen dem Organisator Herrn Kreiner und einem der Mitglieder aufgefallen?" Er ließ bewusst die Tatsache aus, dass Herr Kreiner einem Mord zum Opfer gefallen ist.

„Ach wissen Sie, Herr Kommissar, ich war zu sehr mit der hübschen Assistentin von Herrn von Arnstetten beschäftigt." Griffer setzte sein schmierigstes Grinsen auf. Freund und Siegenburg konnten sich bei aller Phantasie nicht vorstellen, dass Frau Hohlburg ernsthaftes Interesse an Griffer gehabt haben könnte.

„Sie haben also nichts von einer Auseinandersetzung oder einem Streit mitbekommen?" Siegenburg lässt nicht locker. „Wie gesagt, ich war anderweitig beschäftigt. Und ich bin relativ bald gegangen. Ich musste ja um 23 Uhr wieder in meinem Club sein!"

So, das war's dann wieder. Siegenburg und Freund verließen den Club und machten sich auf den Weg ins Büro.

Vor dem Flipchart sitzend packte langsam beide der Frust. Alle namentlich bekannten Teilnehmer gaben an, nichts von einer Auseinandersetzung mitbekommen zu haben. Siegenburg und Freund hatte nur eine Aussage, dass Kreiner mit einem nicht sichtbaren Gast gestritten hat.

Um irgendwie einen neuen Faden zu finden, denkt Freund laut. „Wir haben eine männliche Leiche, der mit einem sauberen Schnitt die Kehle durchgeschnitten wurde. Der Tatort wurde akribisch gesäubert, es sind keinerlei Spuren zu finden. Wir haben die Identität des Toten und haben dessen Umfeld befragt. Wir haben eine nicht vollständige Namensliste des letzten Kunden der Firma MyBigParty und von den Teilnehmern hat niemand etwas mitbekommen, aus welchen Gründen auch immer. Wir wissen von der Freundin des Toten, dass es sich bei dem Streitgegner wohl um einen „Herrn Doktor" gehandelt haben muss.

Um es jetzt mal auf den Punkt zu bringen - wir treten auf der Stelle!!!!!!!"

Siegenburg ist auch frustriert und will den Faden aufnehmen. „Nehmen wir doch einmal die Fakten, die wir haben.

Wir haben Name und grobes Umfeld des Opfers, wir haben einen Tatort, penibelst gesäubert, wir haben jede Menge Zeugen, die alle nichts mitbekommen haben wollen.

Fragen wir doch mal unseren Dr. Schweig, ob es aus pathologischer Sicht irgendwelche Erkenntnisse gibt. Und danach holen wir uns unsere beiden Streifenpolizisten und hören mal, ob die Befragung der bekannten Obdachlosen irgend etwas ergeben hat."

Siegenburg hasste den Weg in die Pathologie. Aber nicht wegen der Örtlichkeit, sondern weil er diesen Dr. Schweig nicht leiden konnte. Er konnte nicht konkret sagen, warum, aber dieser Mann war für ihn wie ein rotes Tuch.

Schweig saß mit dem Rücken zur Tür an einem Tisch und untersuchte etwas. Er wusste, dass die beiden Kommissare kommen wollten, ließ sich aber Zeit, sich umzudrehen. Freund wusste, dass ihr Kollege den Pathologen nicht leiden konnte und übernahm die Gesprächsführung. „Herr Dr. Schweig, haben Sie irgendwelche neuen Erkenntnisse nach der Obduktion?"

Schweig war ca. Mitte bis Ende vierzig, ca. 1,80 m groß und schlank, eigentlich eine ziemlich unscheinbare Person. Er sprach sehr leise, man musste schon genau zuhören.

„Bei der Tatwaffe handelt es sich um ein sehr scharfes Schneidinstrument, ich vermute, es handelt sich um ein Skalpell. Der Mörder muss das Opfer von hinten gepackt haben, der Schnitt wurde von hinten von links nach rechts durchgezogen, ich gehe davon aus, dass der Mörder Rechtshänder ist. Und er muss wenigstens ansatzweise medizinische Kenntnisse haben. Solch ein Schnitt zeugt in der Tat von einer ruhigen Hand. Ferner ist davon auszugehen, dass der Mörder ca. 1.80 bis 185 groß ist, denn dies entspricht auch der Größe des Opfers. Aufgrund der Beschaffenheit des Schnittes gehe ich davon aus, dass der Mörder ca. die gleiche Größe hatte wie das Opfer. Leider sind keinerlei Rückstände der Tatwaffe in der Wunde zu finden."

„Konnten Sie denn die genaue Tatzeit feststellen?" Siegenburg wollte auch mal irgend etwas gefragt haben.

„Da möchte ich mich aufgrund der letzten Untersuchung festlegen. Die Tatzeit liegt zwischen 23.30 und 0.00 Uhr. Haben Sie sonst noch Fragen? Ich habe noch zu tun!"

Bevor Siegenburg eine ungewollte Antwort geben kann, verabschiedet sich Kollegin Freund und zieht ihren Kollegen aus der Pathologie. „Jaaaa, ich kann ihn auch nicht leiden, aber wir brauchen ihn nun mal. Ich möchte diesen unangenehmen Job nämlich sicher nicht machen!"

Zurück im Büro warten schon die beiden Streifenpolizisten Schober und Seeger.

„Meine Herren, haben Sie irgend etwas für uns?"

Schober blickt recht unglücklich drein. „Es ist wirklich seltsam. Wir haben alle Obdachlosen, die normalerweise in diesem kleinen Park „wohnen", befragt. Und seltsamerweise waren alle in dieser Nacht woanders. Und noch seltsamer war, dass alle an diesem Nachmittag einen 20 Euro Schein in ihren Sachen gefunden haben."

„Von wieviel Obdachlosen reden wir hier genau?" Freund findet das wirklich sehr seltsam. Seeger überlegt kurz „Es sind normalerweise immer die selben. Kurti, Herbert und Dipsi." Bei dem Namen mussten alle grinsen. „Alle drei haben am Nachmittag gut sichtbar drapiert bei ihren Sachen einen 20er gefunden!"

Schober macht weiter. „Vor lauter Freude über die 20 Euro sind alle drei in eine einschlägige Kneipe im Bahnhofsviertel marschiert und haben die 20 Euro praktisch versoffen! Und weil sie doch ordentlich getankt haben, sind sie nicht in den Park zum schlafen sondern haben sich ein anderes Plätzchen gesucht!"

Freund fröstelt etwas. „Der Mörder muss ja die üblichen „Bewohner" des Parks genau studiert haben. Denn er konnte ja nicht wissen, wohin die drei marschieren, wenn sie plötzlich 20 Euro haben. Das heißt für uns, dass er diese Tat akribisch geplant hat. Er muss gewusst haben, dass die drei nach ihrer Kneipentour nicht wieder in den Park kommen. Das war keine Affekt-Tat."

Siegenburg denkt auch laut. „Aber wie konnte er die Jugendlichen, die sonst auch nachts dort rumlungern, verscheuchen?" Seeger hatte auch dafür eine Erklärung. „Wir haben mal abgewartet, bis ein oder zwei dieser Jungs zum Park kommen und haben mal gefragt. Alle haben unabhängig voneinander ausgesagt, dass sie bei ihrem letzten „Abhängen" im Park von einem Polizisten ermahnt wurden. Und das unheimlich daran war, dass die Jungs richtig Gänsehaut bekommen haben, als der vermeintliche Polizist ihnen eindringlich gesagt hat, sie sollen sich hier nicht mehr blicken lassen."

„Konnten die Jungs den Polizisten beschreiben?" Freund und Siegenburg wird es langsam wirklich unheimlich.

Seeger schaut sehr unglücklich. „Die Jungs haben ausgesagt, dass er Uniform anhatte und seine Polizeimütze so tief im Gesicht hatte, dass sie sein Gesicht nicht erkennen konnten. Er habe immer mit sehr gesenktem Kopf und sehr leise gesprochen. Aber sie haben gemeint, es klang sehr bedrohlich."

Das ganze Szenario mit den Obdachlosen und den Jugendlichen verursachte bei den beiden Kommissaren ein äußerst ungutes Gefühl.

„Das war bis ins kleinste Detail geplant. Der Mörder hat den Zeitpunkt und Ort genauestens organisiert. Und die Art und Weise, wie er das getan hat, ist mehr als gruselig." Freund ist sichtlich erschüttert.

Siegenburg ist es auch mulmig nach dieser Geschichte. „Der Mörder muss also genau gewusst haben, wann und wie er Herrn Kreiner umbringt. Er muss gewusst haben, dass Kreiner an diesem Abend von einer Veranstaltung durch diesen Park nach Hause geht. Er muss die Obdachlosen und die Jugendlichen schon tagelang beobachtet haben um alle zu einem bestimmten Zeitpunkt von dem Park fernzuhalten. Und er muss gewusst haben, dass er auch nach der Tat ungestört ist, denn er hat ja alles sauber gemacht und die Mülleimer geleert."

„Das nenn ich mal exakte Planung!" Freund ist auf negative Weise beeindruckt.

Schober und Seeger werden verabschiedet und sollte ihnen noch etwas einfallen, sollen sie jederzeit anrufen oder direkt vorbei kommen.

Siegenburg und Freund bleiben sprachlos zurück.

Diese Erkenntnisse warfen ein völlig neues Licht auf den Fall. Der Mörder hat Tage oder Wochen vorher den Tatort festgelegt und ausgekundschaftet , Er hat geplant, wie er die unliebsamen Besucher des Parks eine Weile davon fernhält. Er wusste, wann Kreiner die Veranstaltung verlässt und welchen Weg er nimmt. Kreiner war kein Zufallsopfer sondern ausgesucht. Woher hatte der Mörder die Polizeiuniform? Warum hat er den Park klinisch rein hinterlassen? Was für ein Problem hatte er mit Kreiner? Er muss ihn gekannt haben!

Siegenburg und Freund landen an diesem Abend wie so oft mit einem Bierchen auf der altbekannten Parkbank! „Ganz schön unheimlich, oder?" Freund ist immer noch erschüttert über die neuesten Ergebnisse. Siegenburg nippt an seinem Bier und stimmt ihr still zu. Dieser Fall wurde wahrlich zu einem Mysterium!

Der nächste Tag begann wieder am Flipchart. Die beiden Kommissare hatten die Ergebnisse vom Vortag schon auf das Chart übertragen. So in aufgeschriebener Form stellte sich das ganze noch viel unheimlicher dar.

„Wir könnten ja der Freundin des Opfers die Mitgliederliste dieses Vereins vorlegen und sehen, ob ihr ein Name bekannt vorkommt. Da wir aber leider nicht alle Namen haben, wäre das ziemlich unvollständig." Freund versucht, einen Anfang zu finden.

„Versuchen wir's!" Siegenburg greift zum Telefonhörer und ruft Julia Schön an.

Julia Schön kam eine halbe Stunde später. Sie war immer noch sichtlich verstört und man sah ihr an, dass sie viel geweint hatte.

Die Kommissare legten ihr die Liste vor und Julia Schön las sich die Namen durch. Sie las die Namen mehrmals aber ihr war nicht anzumerken, dass ihr einer bekannt vorkam.

„Keiner dieser Namen sagt mir etwas." Sie war ziemlich unglücklich darüber. „Wie schon gesagt, Markus sagte nur etwas von einem „Herrn Doktor", aber er nannte keinen Namen."

Siegenburg fragte nach. „Sind Sie ganz sicher, dass er keinen dieser Namen jemals erwähnt hat?" Julia Schön blickte noch einmal auf die Liste. „Nein, das sind Namen, die hätte ich mir gemerkt." Sie versuchte zu lächeln, es gelang nicht wirklich.

Freund und Siegenburg verabschiedeten Frau Schön und verfielen wieder ins Grübeln. „Verdammt nochmal, solange wir nicht alle Mitglieder kennen, kommen wir keinen Schritt weiter!" Siegenburg war mehr als frustriert. Freund war auch nicht sehr euphorisch, aber es half nichts, sie mussten einen Aufhänger finden.

„Gehen wir einen Kaffee trinken!" Siegenburg musste von diesem depremierenden Flipchart weg!

Als sie das Gebäude verließen, beobachteten sie eine merkwürdige Szene. Julia Schön ging über den Hof zum Ausgang. In diesem Moment bog Dr. Schweig zum Präsidium ein. Julia Schön sah ihn und zuckte kurz zusammen. Sie ging plötzlich schneller und verschwand um die Ecke. Dr. Schweig blickte ihr kurz nach, ging weiter und verschwand im Präsidium.

„Wenn ich es nicht besser wüsste, würde ich sagen, die beiden kennen sich!" Freund war sichtlich interessiert.

„Nun, bevor wir irgendwelche Vermutungen anstellen, würde ich vorschlagen, wir suchen die Verbindung zwischen den beiden!" Siegenburgs Lebensgeister kehrten zurück.

Der Kaffee to go von Rischarts war immer noch der Beste! Die beiden Kommissare hatten sich gleich wieder zurück in ihr Büro begeben und fingen mit ihren Recherchen an.

„Fangen wir an mit Schulzeit, Wohnorte, Arbeitsstellen, Uni etc. für beide!" Siegenburg liebte plötzlich dieses Flipchart! Neues Blatt, neue Erkenntnisse.

Die Recherchen waren etwas zäh, aber am Ende des Tages hatten die beiden doch eine beachtliche Zusammenstellung gebastelt.

„Roman Schweig und Julia Schön haben bis zur Unizeit keinerlei Schnittpunkte!" Freund wollte schon wieder resignieren. „Na na, Frau Kollegin, wer wird denn gleich aufgeben! Schweig hat in Freiburg Medizin studiert, Julia Schön hat in Freiburg Jura studiert. Da haben wir einen Schnittpunkt." Siegenburg blickte triumphierend! „Das heißt aber nicht zwangsläufig, dass die beiden sich da über den Weg gelaufen sind, zumal Schweig 20 Jahre älter ist als Julia Schön." Freund dämpfte die Euphorie ein wenig. „Sehen wir doch mal, ob der gute Dr. Schweig als Dozent an der Uni Freiburg war."

Freund dachte wieder einmal laut. „Aber er ist Mediziner, Julia Schön hat Jura studiert. Das passt nicht!"

Siegenburg wollte so schnell nicht aufgeben. „Vielleicht hat sie mal als Gast eine medizinische Vorlesung besucht. Das machen Studenten mitunter. Sie hat sich ja unter anderem auf Strafrecht festgelegt, vielleicht wollte sie sich einfach mal medizinisch ein bisschen schlauer machen."

Siegenburg und Freund waren so vertieft in ihre Recherchen und Überlegungen, dass sie gar nicht merkten, wie es draußen immer dunkler wurde. Kurz vor Mitternacht beschlossen sie, doch mal Schluss zu machen. Aber der Arbeitstag war heute wesentlich effektiver und die Euphorie nahmen beide mit nach Hause.

Am nächsten Morgen hatten beide Kommissare ein wenig das Gefühl, dass sie sich zu sehr auf die beiden Personen Schweig und Schön versteift haben. Sie mussten sich gegenseitig ein wenig runter kühlen und sich wieder auf die einzelnen anderen Personen konzentrieren. Das fiel allerdings aufgrund der unvollständigen Namensliste und den bisherigen Befragungen ein bisschen schwer.

„Ich muss allerdings noch einmal auf Schweig und Schön zurückkommen. Wie wäre es, wenn wir Frau Schön einfach fragen, ob sie Dr. Schweig kennt?" Freund ließ nicht locker. Siegenburg fand diese Idee ganz interessant und griff wieder einmal zum Telefonhörer. Julia Schön war etwas überrascht, erklärte sich aber dennoch bereit, am Nachmittag noch einmal ins Präsidium zu kommen.

Siegenburg und Freund waren überrascht, dass beide die gleichen Gedankengänge hatten. Das war es auch, was die Zusammenarbeit der beiden so effektiv machte.

Julia Schön saß zwischen den beiden Schreibtischen der Kommissare und konnte sich nicht erklären, warum sie schon wieder ins Präsidium kommen sollte. Aber vielleicht gab es ja neue Erkenntnisse, die sie ihr mitteilen wollten. Die Frage der Kommissare überraschte sie allerdings sichtlich:

„Frau Schön, kennen Sie einen Dr. Roman Schweig?" Freund merkte sofort, dass Julia Schön sich kurz versteifte und in den Augen war ein kurzes unruhiges Zucken zu bemerken.

„Ich kenne einen Dr. Roman Schweig, ich habe in meiner Studienzeit in Freiburg als Gast eine medizinische Vorlesung von ihm besucht. Was hat das mit der Ermordung meines Freundes zu tun?" Freund und Siegenburg sahen sich über die Tische schon fast triumphierend an. „Haben Sie ihn nach Ihrer Studienzeit irgendwann oder irgendwo noch einmal wieder getroffen?"

„Nein, habe ich nicht! Bitte, was hat das mit dem Tod meines Freundes zu tun!" Die Antwort kam den beiden Kommissaren zu schnell.

„Wir müssen in diesem Fall alles beleuchten, was uns relevant erscheint. Ob diese Bekanntschaft relevant ist, müssen wir noch heraus finden. Danke Ihnen, Frau Schön, dass Sie sich noch einmal die Zeit genommen haben. Sollten wir noch Fragen haben, würden wir uns wieder bei Ihnen melden." Siegenburg beendet die Befragung und bringt die doch etwas verwirrte Frau Schön zur Tür.Freund sah ihren Kollegen an. „Warum haben wir uns jetzt eigentlich so in die Bekanntschaft von Schweig und Schön verrannt?" Siegenburg grinst, reibt sich über den Bauch „Bauchgefühl!"

„Könnte es denn nicht sein, dass unser Dr. Schweig eines der anonymen Mitglieder dieses lustigen Vereins ist?" Siegenburg stellt sich selbst und seiner Kollegin diese Frage. Freund springt drauf an. „Möglich, aber wie kriegen wir das raus?"

„Wem von den namentlich genannten Herrschaften auf der Liste könnten wir denn am ehesten einen Namen entlocken? Oder wir nennen den Namen und beobachten die Reaktion?" Siegenburg hat auf dem Flipchart wieder die Liste der Mitglieder aufgehängt. Freund grinst ihren Kollegen an. „Wann haben wir eigentlich angefangen, uns auf unseren Dr. Schweig einzuschießen?"

Siegenburg grinst wieder. „Bauchgefühl! Und scheinbar haben wir beide den gleichen Bauch! Bildlich gesprochen!" Jetzt setzt auch Freund ein Grinsen auf und nickt zustimmend.

Siegenburg tippt auf einen Namen der Liste. „Harald Mühlenberg, der Vorstandsvorsitzende dieses Vereins!! Das ist ein eitler Pfau, der relativ leicht aus der Ruhe gebracht werden kann. Ich würde sagen, wir klopfen mal ein wenig auf den Busch!"

Freund ist entzückt! „Auf nach Bogenhausen!"

Leider bekamen die beiden Kommissare erst am nächsten Vormittag einen Termin bei dem doch vielbeschäftigten Vorstandsvorsitzenden Herrn Harald Mühlenberg.

Er öffnete den Kommissare sogar persönlich die Tür, das war aber eher der Tatsache geschuldet, dass er sichtlich genervt war, die beiden wieder empfangen zu müssen.

„Ach, die werten Kommissare! Sie geben nicht auf, oder?" Mühlenberg machte einen etwas gestressten Eindruck.

Er führte die Kommissare wieder in die Blibliothek, bat sie, Platz zu nehmen und setzte sich langsam in einen großen Ledersessel und schlug die Beine übereinander. Er bemühte sich sichtlich um einen gelangweilten Gesichtsausdruck, das gelang ihm aber nur bedingt.

„Herr Mühlenberg, es tut uns wirklich leid, dass wir Sie noch einmal belästigen müssen, aber in diesem Fall sind noch einige Fragen offen." Freund beobachtete Mühlenberg sehr genau.

„Als Dr. Schweig Ihnen die Event Firma vorgeschlagen hat, hatte er sie da selbst schon vorher gekannt?" Mühlenberg's linkes Auge begann zu zucken. „Ja, er ……..... ach verdammt, Sie haben mich reingelegt! Sie wollten mir nur einen Namen der anonymen Mitglieder entlocken!!!"

Siegenburg grinst siegessicher. „Das ist uns ja nun auch gelungen. Vielen Dank! Wir finden natürlich wieder alleine raus!" Mühlenberg kochte vor Wut! „Wenn Sie das öffentlich machen, dass Sie mir diesen Namen entlockt haben, werde ich Sie verklagen!" Freund und Siegenburg hätten am liebsten hüpfend das Haus verlassen, aber sie bemühten sich, langsam und entspannt zum Auto zu gehen.

„Ich würde mal sagen, prächtiges Bauchgefühlt!" Siegenburg konnte sich sein triumphierendes Grinsen nicht verkneifen. Freund grinst ebenfalls. „Na, dann werden wir mal in dieser Richtung weiter recherchieren. Könnte interessant, aber auch schwierig werden. Wir dürfen ihn ja nicht merken lassen, was wir wissen!"

Zurück am inzwischen geliebten Flipchart hängten sie ein neues leeres Blatt ein. „Wir müssen herausfinden, ob es tatsächlich Schweig war, mit dem Kreiner gestritten hat. Ich möchte aber Julia Schön nicht schon wieder reinbestellen." Siegenburg kaut auf dem Edding Stift und überlegt, wie er Julia Schön da raushalten kann.

„Wir wissen, dass Schweig und Schön sich kennen. Gehen wir einmal davon aus, dass Kreiner und Schweig sich ebenfalls kannten."

Freund schreibt die Namen Schweig und Schön auf das Flipchart und verband diese mit Pfeilen. „Und nachdem es Schweig war, der dem Verein Kreiners Firma empfohlen hat, kennen die beiden sich sicherlich!"

Das leere Blatt auf dem Flipchart füllt sich langsam mit den Gedanken der Kommissare. Woher Schön und Schweig sich kennen, dass Schweig dem Verein Kreiner's Firma empfohlen hat und immer mehr Gedanken werden aufgeschrieben.

„Julia Schön hat aber scheinbar keine guten Erinnerungen an ihre Begegnung mit Schweig. Denn sonst hätte sie anders reagiert, als sie ihn wiedergesehen hat. Da ist mit Sicherheit etwas vorgefallen und wir müssen herausfinden, was!" Siegenburg überlegt, ob er Julia Schön nicht doch noch einmal ins Präsidium bestellen soll.

„Vielleicht wäre es besser, wenn wir Frau Schön zuhause aufsuchen! In gewohnter Umgebung ist sie vielleicht entspannter." Freund und Siegenburg machten sich auf den Weg zur Privatadresse von Julia Schön. Es war fast 18 Uhr und die Kommissare gingen davon aus, Frau Schön zuhause anzutreffen.

Julia Schön hat zusammen mit Markus Kreiner in einem neu gebauten Büro- und Wohnhaus in der Marsstraße gewohnt. Die ersten 2 Stockwerke waren Ladengeschäfte und Büros, darüber waren nicht gerade günstige Maisonette Wohnungen. Die Wohnung war keinen Kilometer vom Tatort entfernt, das erklärte auch, warum Kreiner diesen Weg zu Fuß genommen hat.

Gerade parkte Freund den Wagen, als die beiden beobachteten, wie Dr. Roman Schweig das Haus verließ, in dem Julia Schön wohnte. Er trug einen Hut, den er ziemlich tief ins Gesicht gezogen hat. Vermutlich wollte er nicht erkannt werden. „Na, das ist ja mal wieder eine dicke Überraschung." Die beiden blieben noch im Auto sitzen, sanken etwas tiefer in die Sitze, damit Dr. Schweig sie nicht entdeckte.

Freund dachte mal wieder laut. „Das ist ja schon mehr als seltsam. Ich glaube, wir tun bei Frau Schön mal so als hätten wir nichts gesehen und fragen sie, ob zu dem erwähnten Doktor Kreiner nicht doch einen Namen genannt hat."

Siegenburg nickt. „Auf geht's!"

Der Türöffner wurde sofort betätigt, die beiden Kommissare betraten das Haus. Und wieder schlug ihnen Luxus pur entgegen. Sie hatten in diesem Fall schon so viel Luxus gesehen, das reichte für die nächsten Jahre.

Julia Schön wohnte im 4. Stock und stand schon in der Wohnungstür, als die beiden Kommissare aus dem Aufzug traten. Sie versuchte, ihren Schreck zu verbergen, denn wahrscheinlich hatte sie jemand anderes erwartet.

„Frau Freund, Herr Siegenburg, gibt es neue Erkenntnisse?" Sie hatte sich schnell wieder gefangen.

„Frau Schön, wir hätten da noch ein paar Fragen!" Siegenburg machte ein sehr ernstes Gesicht. Der Versuch, Julia Schön ein wenig einzuschüchtern, war gelungen.

Siegenburg und Freund waren übereingekommen, den Namen Schweig nicht mehr zu erwähnen. Denn sollten Schön und Schweig sich doch besser kennen, würden sie ihn vielleicht nur aufscheuchen.

„Frau Schön, hat Herr Kreiner im Zusammenhang mit dieser Feier wirklich keine Namen erwähnt? Wir treten derzeit bei unseren Ermittlungen auf der Stelle!" Siegenburg sprach wie ein Pfarrer und Freund konnte sich fast ein Grinsen nicht verkneifen.

„Nein, das hätte ich Ihnen doch gesagt. Ich kann Ihnen da wirklich nicht mehr weiterhelfen!"

Die Kommissare verabschiedeten sich und ließen Julia Schön verwirrt zurück.

Das Flipchart füllte sich langsam mit neuen Erkenntnissen. Wann genau sie auf Dr. Schweig gekommen sind, wussten beide eigentlich nicht so genau. Wahrscheinlich war es der Moment, als sie bemerkten, dass Schweig und Julia Schön sich kennen mussten. Denn das war einfach zu viel Zufall. Die beiden Kommissare hatten die gleichen Gedanken.

„Was wäre wenn Schweig und Schön gemeinsame Sache gemacht haben. Vielleicht wollte Schweig sich an Kreiner rächen und Schön hat ihm geholfen!"

„Uuuuh, das ist aber eine wilde Theorie!" Siegenburg war immer wieder überrascht, wenn beide in die gleiche Richtung dachten. Diese Idee seiner Kollegin kam ihm nicht so abwegig vor.

„Spinnen wir das mal weiter!" Freund sah man das intensive Nachdenken förmlich an. „Schweig hat irgend ein Problem mit Kreiner. Er findet heraus, dass Kreiner diese Eventfirma hat und stößt diesen Verein „Wir sind Helden" mit der Nase drauf, damit die nächste Feier von ihm ausgerichtet wird! Als der Termin für die Feier feststeht, schmiedet er den teuflischen Mordplan. Die Location der Feier und Kreiners Wohnung liegen in einem relativ kleinen Radius, so dass er davon ausgehen kann, dass Kreiner zu Fuss nach Hause gehen wird. Er späht den Tatort aus, sorgt auf teuflische Weise dafür, dass weder die Obdachlosen noch die Jugendlichen dort herumlungern." Freund kam so richtig in Schwung und Siegenburg war fasziniert, denn er dachte genauso.

„Allerdings ist es schon riskant davon auszugehen, dass der Park tatsächlich leer sein wird. Und warum wurde so akribisch sauber gemacht? Ich kann mir nicht vorstellen, dass er das alles alleine bewerkstelligt hat. Möglicherweise hatte er einen Komplizen!"

Siegenburg ergänzt „... oder eine Komplizin!"

Die beiden waren so versunken, dass sie gar nicht merkten, dass es schon wieder dunkel wurde.

„Finden wir die Verbindung zwischen Kreiner und Schweig!! Die zwischen Schweig und Schön haben wir schon!" Siegenburg wurde langsam müde und merkte, dass sein Gehirn nicht mehr so funktionierte und schlug vor, am nächsten Morgen frisch damit anzufangen, eine Verbindung zwischen den beiden zu finden.

Da sie beide zwar davon ausgehen konnten, dass niemand in ihr Büro geht, legten sie trotzdem die Flipchart-Blätter in den Schreibtisch und sperrten das Büro ab. Man kann ja nie wissen!

Das Feierabend-Bierchen auf der Parkbank war schon fast Tradition.

Am nächsten Morgen trafen sich die beiden zufällig am Eingang und betraten gemeinsam das Präsidium.

Siegenburg wollte das Büro aufsperren und sie mussten feststellen, dass die Tür bereits offen war. „Jemand war in unserem Büro!" Sie betraten das Büro. Das Flipchart mit den alten Erkenntnissen stand nicht am selben Platz. Freund sah sofort nach, ob auch jemand an ihrem Schreibtisch war. Aber der war noch zugesperrt und es schien sich auch niemand daran zu schaffen gemacht zu haben.

„Interessant!" Siegenburg war eigentlich nicht überrascht! „Jemand möchte sich über den Stand unserer Ermittlungen erkundigen!" Freund grinst und sperrt ihren Schreibtisch auf. „Tja, den konnte er ja an unserem Flipchart ablesen!"

Sie nahm die Blätter aus ihrem Schreibtisch, hängte sie wieder auf und die beiden machten einfach weiter.

„Es kann nur Schweig gewesen sein. Niemand sonst kann hier im Haus rumlaufen ohne Aufsehen zu erregen. Und sollte ihn jemand bei unserem Büro gesehen haben, kann er ja behaupten, er wollte nur den Obduktionsbericht auf den Tisch legen. Dass er allerdings nicht wieder zugesperrt hat, nachdem er das Büro verlassen hat, ist ein grober Fehler!" Freund konnte ihre Freude nicht verhehlen, dass er nur die alten Erkenntnisse vom Flipchart zu haben schien.

„Das zeigt uns aber auch, dass wir jetzt vorsichtig vorgehen müssen, damit wir ihn nicht aufschrecken. Er soll ruhig denken, wir treten auf der Stelle! Wir werden mit niemandem darüber sprechen, das bleibt nur unter uns!" Siegenburg war über diese Entwicklung etwas beunruhigt.

Die beiden versuchten den ganzen Vormittag eine Verbindung zwischen Kreiner und Schweig zu finden. Aber alle Richtungen, in die sie dachten, waren Sackgassen.

„Vielleicht sollten wir noch einmal die Verbindung zwischen Schön und Schweig näher durchleuchten. Denn offensichtlich kennen sich die beiden ja besser, als Julia Schön uns glauben machen möchte!"

Freund hängte ein neues Blatt an das Flipchart.

„Stöbern wir doch noch ein wenig in der Vergangenheit von Frau Schön. Sie hat in Freiburg studiert und hat als Gast eine Vorlesung von Dr. Schweig besucht. War das ein Zufall? Wohl eher nicht. Ich denke, die beiden verbindet etwas anderes! Fangen wir vielleicht mit Julia Schöns Eltern an."

Freund und Siegenburg stöbern durch die Ämter und finden heraus, dass Julia Schön in München geboren wurde. Ihre Mutter, Heidrun Schön, war allein erziehend und hat ihrer Tochter durch ein Stipendium das Studium in Freiburg ermöglicht. Sie selbst hat interessanterweise auch ein Studium in Freiburg angefangen, allerdings nicht beendet. Der Grund könnte die Schwangerschaft gewesen sein, denn das passt zeitlich mit dem Ausstieg aus der Uni. Als Vater von Julia steht „unbekannt" in der Geburtsurkunde. Mehr war momentan nicht rauszufinden.

Interessanter wurde es, als die beiden Kommissare in der Vergangenheit des werten Dr. Schweig wühlten. Er hat zur gleichen Zeit wie Heidrun Schön in Freiburg studiert. Zufall?? Und er ist auch etwa zur gleichen Zeit wieder nach München gezogen. Noch ein Zufall??

Siegenburg und Freund glaubten aber in diesem Fall nicht mehr an Zufälle.

Die Recherchen wurden immer interessanter. Heidrun Schön kam vor 6 Jahren bei einem Autounfall mit Fahrerflucht hier in München ums Leben. Julia Schön war damals Anfang 20 und musste sich längere Zeit in psychiatrische Behandlung begeben. Ein Jahr danach lernt sie Markus Kreiner kennen und sie ziehen zusammen.

Schweig ist seit Abschluss seines Medizinstudiums als Pathologe bei der Kripo München tätig. Dieser Mann hat in seiner Karriere noch nicht mal einen Strafzettel für Falschparken bekommen. Blütenweisse Weste und alles extrem unauffällig. Er ist nicht verheiratet und lebt allein im Münchner Süden.

„Könnte es sein, dass Schweig Julias Vater ist? Wenn ja, wie finden wir das raus?" Freund ist mittlerweile ganz euphorisch, denn die Entwicklung ihrer Recherchen erscheint ihr äußerst spannend.

Siegenburg standen schon die Schweißperlen auf der Stirn, denn ihm wurden die Recherche-Ergebnisse langsam auch unheimlich.

„Wir können eigentlich nur mutmaßen, ob Schweig Julia's Vater ist. Beweisen könnten wir das definitiv nur mit einem Vaterschaftstest. Denn Schweig taucht offiziell im Umkreis von Julia nicht auf."

Freund hat so viele Gedankengänge im Kopf, die muss sie erst einmal ordnen.

„Beleuchten wir doch einfach mal den Unfall von Heidrun Schön. Wir holen uns die Akte und fangen damit an. Allerdings muss das äußerst diskret erfolgen, denn es soll ja keiner sonst mitkriegen!"

Heidrun Schön kam vor ziemlich genau 6 Jahren bei einem Unfall in Pasing ums Leben. Sie wurde nachts an einer Ampel beim Überqueren der Landsberger Straße von einem Auto erfasst und starb noch an der Unfallstelle. Der Autofahrer beging Fahrerflucht, laut Zeugen fuhr er einen dunklen Kleinwagen mit auffälligen gelben Streifen an der Seite.

Die Fahndung führte allerdings nicht zum Erfolg. Das Auto und der Fahrer wurden nie gefunden.

Siegenburg ist voller Eifer und denkt den Gedanken weiter. „Vielleicht spinne ich ja, aber jetzt wollen wir doch mal sehen, was Markus Kreiner von 6 Jahren für ein Auto gefahren hat." Freund war über diesen Gedankengang nicht überrascht, sie dachte auch in diese Richtung.

Dann wurde es richtig interessant. Markus Kreiner fuhr vor 6 Jahren einen dunkelblauen Fiat 500 mit gelben Rennstreifen an den Türen. Und er hat das Fahrzeug 1 Tag nach dem Unfall als gestohlen gemeldet. Das Auto wurde nie gefunden und die Akte wurde geschlossen.

„Was wäre wenn …….." Freund spinnt den Faden einfach weiter, „…. Schweig ist der Vater von Julia. Er findet durch seine Arbeit hier im Polizeipräsidium raus, dass Kreiner so ein Auto gefahren hat. Er schließt daraus, dass Kreiner den Unfall verursacht hat. Beweisen kann er es nicht, aber er ist sich sicher!"

„Die beiden schmieden diesen teuflischen Plan, der über die Jahre gereift ist. Julia schleicht sich in Kreiners Leben, lebt jahrelang an seiner Seite und sie und Schweig warten wirklich auf den perfekten Zeitpunkt. Puuuuh, das ist wirklich teuflisch!" Freund bekam sichtlich Gänsehaut.

Siegenburg spinnt weiter. „Die beiden warten auf den perfekten Zeitpunkt, Kreiner präpariert den Park, indem er die Obdachlosen mit jeweils 20 Euro in die Kneipe schickt und die Jugendlichen mit der Polizeiuniform einschüchtert. Als Kreiner durch den Park nach Hause geht, lauert er ihm auf und schneidet ihm die Kehle durch. Kreiner ist völlig überrascht und leistet keinerlei Gegenwehr. Und Julia Schön säubert dann akribisch den Park, damit keinerlei Spuren für uns zu finden sind. Dann gehen beide nach Hause und warten ab."

Freund findet diese These perfekt, allerdings hat sie einen Einwand. „Das ist wirklich gespenstisch und für meinen Geschmack durchaus logisch, aber wie können wir unsere These beweisen?"

Siegenburg stellt sich die gleiche Frage. „Zuerst müssten wir rausfinden, ob Schweig tatsächlich Julias Vater ist. Das dürfte äußerst schwierig werden! Denn in der Geburtsurkunde steht „Vater unbekannt". Damit dürfte der Beweis kompliziert werden. Und wenn die beiden diesen teuflischen Plan zusammen geschmiedet haben, dann dürfte es fast unmöglich werden, bei einer erneuten Befragung irgend etwas aus den beiden rauszuholen. Schweig ist ein eiskalter Hund, ich kenne ihn schon sehr lange und ich konnte ihn noch nie besonders leiden. Ich wusste schon immer, dass der Typ nicht richtig tickt! Er mag in seinem Job wirklich topp sein, aber menschlich ist er ein Arsch!" Freund schmunzelt über die verbale Entgleisung ihres Kollegen, aber ihr geht es nicht anders.

„Fassen wir doch einmal zusammen, was wir anhand der polizeilichen Unterlagen beweisen können. Heidrun Schön wurde von einem dunkelfarbenen Kleinwagen mit gelben Streifen totgefahren. Markus Kreiner hat genau so ein Auto besessen und dieses 1 Tag nach dem Unfall als gestohlen gemeldet, wir können aber nicht beweisen, dass das das Unfallauto war, da das Auto bis heute nicht gefunden wurde."

Siegenburg macht weiter. „Fakt ist auch, dass sich Schön und Schweig aus Freiburg kennen. Sowohl Mutter als auch Tochter haben eine Verbindung zur Uni in Freiburg und somit auch zu Schweig. Julia Schön hat eine Begegnung mit Schweig in Freiburg zugegeben, mehr können wir ihr nicht nachweisen.

Vielleicht kriegen wir über die Verbindungsnachweise ihrer Handys raus, ob sie miteinander kommuniziert haben. Wie kommen wir ohne richterlichen Beschluss da ran? Über unbürokratische Wege dürfen wir die Ergebnisse nicht weiter nutzen, da zerfleddert uns jeder Anwalt die Untersuchungsergebnisse.“

Erneut macht sich Frust bei den beiden breit. Sie haben die Geschichte an sich lückenlos dargelegt, nur leider keine greifbaren Beweise.

Die Verbindungsnachweise waren ohne richterlichen Beschluss nicht zu kriegen, da war eine Anfrage an den Oberstaatsanwalt völlig unnötig. Seinen Standpunkt kannten die Kommissare ja schon.

Freund denkt mal wieder laut. „Wenn wir Julia Schön vorladen, ihr unsere Geschichte um die Ohren hauen und sehen was passiert? Das kann natürlich auch nach hinten losgehen. Denn wenn Schweig wirklich ihr Vater ist, dann hat sie die gleichen fiesen Gene wie er! Und Schweig ist ein fieses Frettchen, aus dem kriegen wir gar nichts raus!“

Siegenburg ist der gleichen Überzeugung wie seine Kollegin. Und da es schon wieder Feierabend war, war das Feierabend-Bierchen eigentlich die einzig positive Option.

Sie hatten den ganzen Tag damit verbracht, die Geschichte lückenlos aufzuschreiben. Schöne Idee, aber leider hatten sie für vieles keinerlei Beweise. Fakt war jedenfalls, dass jemand in ihrem Büro nachsehen wollte, wie der Stand der Ermittlungen ist. Und das kann nur Schweig gewesen sein.

Aber er konnte nur das sehen, was auf dem Flipchart aufgehängt war und das war wenig erhellend.

Die relevanten Blätter waren unter Verschluss gewesen.

Ein neuer Tag, eine neue Erkenntnis. Die Idee, Julia Schön mit der Geschichte zu konfrontieren, wäre zu riskant. Schweig konnten sie nicht nachweisen, dass er in ihrem Büro war. Er würde es abstreiten.

Da kam ihnen doch der berühmte Kommissar Zufall zu Hilfe. Und es ärgerte die beiden tierisch, dass sie nicht vorher drauf gekommen sind. In München sind die einschlägigen öffentliche Plätze durch Kameras mehr oder weniger videoüberwacht. Siegenburg und Freund ärgerten sich maßlos, dass sie nicht früher drauf gekommen sind.

Wie erwartet, war auf diesen Aufnahmen nicht viel zu erkennen. Die Kamera hing zu weit vom Tatort weg. Die Kommissare waren sich sicher, dass auch das von Schweig peinlich genau überprüft wurde. Genau der Brunnen war auf den Videos kaum zu sehen, lediglich der Gehweg und ein Teil der Bänke war zu erkennen. Allerdings war eine dunkle Gestalt zu erkennen, die sich an den Mülleimern zu schaffen machte. Beim ersten Hinsehen könnte man denken, es ist ein Penner, der nach leeren Flaschen sucht. Bei ganz genauem Hinsehen konnte man allerdings feststellen, dass es sich um eine komplett schwarz gekleidete Person handelt, die nach Gang und Bewegung durchaus ein Frau sein könnte.

„Dann geben wir diese Sequenz doch mal in die Kriminaltechnik, vielleicht können die ja ein Bild dieser Gestalt rauszaubern!" Siegenburg war ziemlich hoffnungsfroh.

„Automat oder Rischart?" Die Frage nach einem Kaffee war eigentlich überflüssig, denn der Automatenkaffee war so schrecklich, dass man den Weg zu Rischart gerne machte.

Mit den Kaffeebechern in der Hand spazierten die Kommissare langsam zurück ins Büro. Am Eingang trafen die beiden auf Dr. Schweig. Sie grüßten sich höflich und wollten schon weitergehen. Da stellte Dr. Schweig die falsche Frage: „Haben Sie denn in Ihrem Fall schon neue Erkenntnisse?"

„Wir treten auf der Stelle und das ist schon sehr frustrierend!" Freund machte ein enttäuschtes Gesicht. Auch Siegenburg zuckte resigniert mit den Achseln und die beiden gingen weiter.

Zurück im Büro platzte Siegenburg der Kragen. „Dieses hinterhältige Frettchen! Ich wette meine komplette Beamtenpension, dass dieser Mistkerl genau das getan hat, was wir auf unserem Flipchart stehen haben! Nur beweisen müssen wir das diesem Scheisskerl noch!"

Freund stimmt ihm zu. „Kein Pathologe hat jemals nach dem Stand der Erkenntnisse gefragt! Interessiert ihn normalerweise nicht, er untersucht die Leiche und gibt die Ergebnisse weiter. Mehr macht er normalerweise nicht! Aber dieser Kerl hat ein berechtigtes Interesse an unseren Ermittlungen, er will wissen, ob wir ihn auf der Rechnung haben!"

„Und das haben wir, oh ja!" Siegenburg wirkt ziemlich kämpferisch.

Damit wären die beiden wieder an dem Punkt, dass sie nichts von dem, was sie auf ihr Flipchart geschrieben haben, auch beweisen können. Wäre da nicht der Kollege der Kriminaltechnik, der mit seinen Ergebnissen gleich persönlich vorbei kommt.

Rainer Müller war ein richtiger Kriminaltechniker. Er versuchte immer alles, um verwertbare Ergebnisse zu bekommen. Er hatte immer Ideen, wie man es perfekt macht. „Rainer, was haben wir?" Siegenburg kennt den Kollegen schon eine Weile und kennt seine vorzüglichen Ergebnisse.

„Ein fast gestochen scharfes Portrait einer jungen Dame! Die Kameras um den Justizpalast sind wirklich exzellent. Da kann man mit der entsprechend Technik bei einem Bild eine Fliege auf einem Hundehaufen identifizieren!"

Der Bildausschnitt, den Müller vorlegte, war tatsächlich ein wunderbarer Schnappschuss von Julia Schön, Datum und Uhrzeit waren auch auf dem Foto! Damit konnten sie Julia Schön die Anwesenheit zur Tatzeit im Park nachweisen.

Siegenburg und Freund wären am liebsten in die Luft gesprungen. „Müller, Du bist ein Genie!" Siegenburg umarmte den armen Mann und drückte ihm fast die Luft ab! Der Arme wusste gar nicht, wie ihm geschieht.

Jetzt hatten sie einen Beweis, mit dem sie bei der nochmaligen Vernehmung der Frau Schön ganz schön für Aufsehen sorgen konnten.

Julia Schön war sichtlich nervös, als sie im Präsidium eintraf. Siegenburg und Freund kamen zu dem Schluss, dass die Dame im Vernehmungszimmer befragt wird und nicht im Büro. Das ist ein wenig einschüchternder und diesen Zweck verfolgten die beiden Kommissare.

„Gehen wir mal davon aus, dass sie Schweig über die erneute Befragung informiert hat! Dann wird er jetzt einen Grund suchen, hier rumzuschleichen. Wollen wir wetten, dass wir ihn auf dem Weg zum Vernehmungsraum treffen werden?" Freund grinste ihren Kollegen an. Kaum hatte sie die Wette ausgesprochen, bog auch schon Dr. Schweig um die Ecke. Er wollte einen unbeteiligten Eindruck machen, gelang ihm nur bedingt.

Er wäre den Kommissaren zu gerne ins Vernehmungszimmer gefolgt, aber da hat er ja eigentlich nichts zu suchen. Im Vorfeld hatten Freund und Siegenburg beschlossen, den Nebenraum mit dem einseitigen Spiegel offen zu lassen, in der Hoffnung, dass Schweig sich da rein schleichen würde um die Vernehmung zu verfolgen.

Julia Schön saß mit aufrechter Haltung und energischem Gesichtsausdruck im Vernehmungsraum. Sie hielt ihre Handtasche auf ihrem Schoß fest und wartete gespannt auf die Kommissare.

Siegenburg und Freund betraten mit ernster Miene und der Mappe mit dem Foto den Vernehmungsraum. Schön blickte den beiden mit einem Blick entgegen, zwischen trotzig und vorsichtig. Den beiden Kommissaren war klar, sie durften bei der Befragung keinen Fehler machen.

Freund begann in ganz freundlichem Ton mit der Befragung. „Frau Schön, danke, dass Sie gekommen sind. Aus Rücksicht auf Ihren Verlust wollten wir Ihnen ein paar Tage Zeit geben, bevor wir Ihnen unsere Routine-Fragen stellen. Haben Sie sich etwas erholen können?" Julia Schön entspannte sich ein wenig. „Ja, danke, es geht schon wieder!"

Siegenburg machte weiter. „Frau Schön, können Sie uns sagen, wo Sie zum Tatzeitpunkt waren? Also Freitag auf Samstag zwischen Mitternacht und 1 Uhr?"

Freund merkte, wie Julia Schön sich fast unmerklich versteifte. „Was soll die Frage? Denken Sie, ich habe etwas mit dem Tod meines Freundes zu tun?"

„Frau Schön, das sind reine Routine-Fragen. Also, wo waren Sie zum Tatzeitpunkt?" Siegenburg ließ nicht locker.

Freund beobachtete Julia Schön ganz genau. Sie wurde nervös und das war nicht zu übersehen.

Sie rang nach Fassung, bevor sie antwortete. „Ich war zuhause und habe auf Markus gewartet. Ich wusste, wann diese Veranstaltungen immer zu Ende gehen und dass er eigentlich immer gleich nach Hause kommt, denn seine Leute machten einen Superjob und er konnte sich darauf verlassen, dass sie das ohne ihn zu Ende bringen würden. Ich hatte eine Flasche Wein aufgemacht und wollte mit ihm den Abend ausklingen lassen." Sie holte ein Taschentuch aus der Handtasche und tupfte sich über die Augen. Aber Freund bemerkte gleich, dass da keine Tränen waren. Sie war eine überzeugende Schauspielerin.

Siegenburg machte einfach weiter. „Gibt es dafür Zeugen, dass Sie zu Hause waren? Haben Sie mit jemandem telefoniert oder hat Sie jemand gesehen?"

„Natürlich hat mich niemand gesehen, wer denn auch!!!! Ich war in unserer Wohnung! Und telefoniert habe ich auch nicht!" Julia Schön verlor langsam die Fassung. Jetzt war der richtige Moment, ihr das Foto vorzulegen.

Siegenburg öffnete langsam die Mappe, nahm das Foto raus und schob es langsam über den Tisch zu Julia Schön.

Julia Schön blickte auf das Foto, registrierte das Datum und die Uhrzeit und sämtliche Farbe wich aus ihrem Gesicht. „Wer ist das und was soll das beweisen?" Siegenburg bog auf die Zielgerade ein. „Meine liebe Frau Schön, das sind unverkennbar Sie. Sie waren zum Tatzeitpunkt genau am Tatort und haben die Mülleimer geleert, um Spuren verschwinden zu lassen."

„Warum sollte ich das tun, ich habe Markus geliebt, ich habe mit seinem Tod nichts zu tun!"

Jetzt sprang Freund ein. „Frau Schön, Ihre Mutter wurde vor 6 Jahren hier in München überfahren. Markus Kreiner fuhr zu dieser Zeit das gesuchte Unfallfahrzeug, ihm konnte allerdings der Unfall nie nachgewiesen werden, da das Auto nie gefunden wurde.

Ihre Mutter war zur gleichen Zeit an der Uni in Freiburg wie Dr. Schweig, brach aber das Studium ab, vermutlich war sie da mit Ihnen schwanger. Wir gehen davon aus, dass Dr. Roman Schweig Ihr Vater ist und Sie sich einfach an Markus Kreiner rächen wollten für das, was er Ihnen angetan hat. Er hat Ihnen die Mutter genommen und ist abgehauen.

Für Herrn Dr. Schweig war es ein leichtes, hier im Präsidium die Akte des Unfalls mit allen Daten einzusehen. Die Überprüfung der Vita von Herrn Kreiner war für ihn ein Leichtes. Sie brauchen auch nicht zu leugnen, dass Sie Dr. Schweig näher kennen, Sie haben nicht nur eine Gastvorlesung von ihm besucht.

Als Sie ihm hier im Hof begegnet sind, haben Sie so getan, als würden Sie ihn nicht kennen, aber Ihre Körpersprache sagte etwas anderes. Und ich bin mir ziemlich sicher, wenn wir einen DNA Test bei Ihnen und Dr. Schweig machen, wird sich herausstellen, dass er ihr Vater ist.

Wenn von Ihnen beiden diesen teuflischen Plan geschmiedet hat, ist uns noch nicht ganz klar, aber das kriegen wir auch noch raus.“

Julia Schön wurde in ihrem Stuhl immer kleiner. Sie war kurz davor, zusammenzubrechen.

Siegenburg setzte noch einen drauf. „Sie haben über Jahre diesen Plan geschmiedet und letzten Freitag haben Sie ihn umgesetzt. Dr. Schweig hat die Verbindung zwischen MyBigParty und seinem Verein hergestellt, damit er den genauen Zeitpunkt kontrollieren konnte. Sie haben den Park von Spuren gereinigt, Schweig hat Markus Kreiner umgebracht. Habe ich etwas vergessen, Frau Schön?“

Julia Schön saß wieder aufrecht auf dem Stuhl, krallte sich an ihrer Tasche fest und fing an zu sprechen: „Dieser Scheisskerl hat meine Mama einfach auf der Straße liegen lassen. Er hat sich wahrscheinlich nicht mal umgedreht! Ich habe mit Dr. Schweig rausgefunden, wer er ist, wo er wohnt und was er beruflich macht!“ Sie sprach sehr leise.

„Ich habe mich an ihn ran gemacht und er war mehr als willig, mich als seine Freundin zu haben. Ich habe dabei mitgespielt, aber jede Berührung von ihm war für mich eine Qual! Er hatte keine Ahnung, wer da bei ihm eingezogen war und warum! Roman und ich haben jahrelang an dem Plan gefeilt und haben die Ausführung genau geplant. Und der Plan war perfekt! Wären wir uns im Hof nicht begegnet, wären Sie niemals auf uns gekommen!"

Freund war innerlich ziemlich aufgewühlt, ließ sich aber äußerlich nichts anmerken.

„Liebe Frau Schön, unterschätzen Sie uns nicht!"

Im Nebenraum waren Geräusche zu hören. Siegenburg hatte dafür gesorgt, dass, sobald Schweig in dem Raum verschwunden war, sich zwei Polizisten vor der Tür postierten und ihn nach der Vernehmung festnehmen.

Julia Schön und Dr. Roman Schweig wurden dann noch einmal gemeinsam verhört und haben beide noch einmal ausführlich die Planung und Durchführung zugegeben. Als die beiden abgeführt wurden, standen Siegenburg und Freund noch eine Weile im Flur und sahen ihnen nach.

„Wären wir wirklich nicht drauf gekommen, wenn wir die beiden nicht im Hof gesehen hätten?" Freund ist fast ein bisschen verunsichert.

„Liebe Kollegin, wir beide wären irgendwann drauf gekommen, da bin ich sicher!" Siegenburg grinst siegessicher.

Freund winkt ab. „Egal, wir haben zwei geständige Täter und die werden jetzt in den Knast wandern! Wir haben den Fall aufgeklärt und darauf können wir stolz sein. Hebt unsere Statistik!"

„Feierabendbierchen?" Siegenburg zwinkert seiner Kollegin zu. „Feierabendbierchen!" und die beiden nahmen Kurs auf ihre Parkbank.

ENDE

Herstellung und Verlag: BoD – Books on Demand, Norderstedt
ISBN: 9783755783404